LA FAILLITE

CHEZ LES ROMAINS

ÉTUDE HISTORIQUE

PAR

L.-A. DE MONTLUC

Docteur en Droit

Licencié ès-lettres

Avocat à la Cour impériale de Paris

PARIS

TYPOGRAPHIE ALCAN-LÉVY

Rue Lafayette, 61, et passage des Deux-Sœurs

1870

LA FAILLITE

CHEZ LES ROMAINS

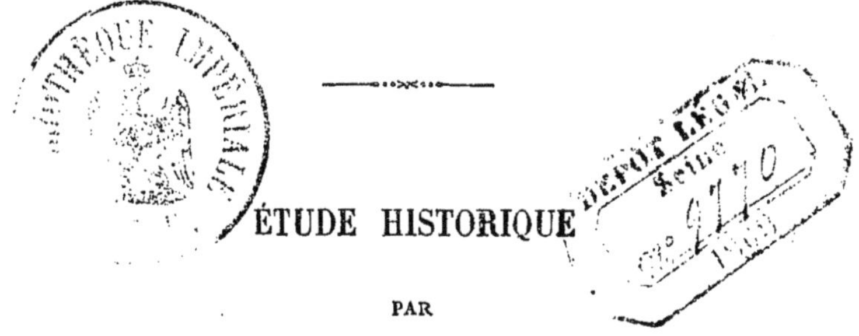

ÉTUDE HISTORIQUE

PAR

L.-A. DE MONTLUC

Docteur en Droit

Licencié ès-lettres

Avocat à la Cour impériale de Paris

PARIS

TYPOGRAPHIE ALCAN-LÉVY

Rue Lafayette, 61, et passage des Deux-Sœurs

1870

LA FAILLITE CHEZ LES ROMAINS

SOURCES :

I. CICÉRON *pro Quintio*, 80 av. J. C.

II. GAÏUS, *Institutionum commentarii* IV } vers 130 après J. C.
III. AULU-GELLE, *Noctes Atticæ*, XX, 1 }

IV. THEOPHILUS ANTECESSOR *Paraphrasis græca Institutionum Cæsarearum*, vers 535 après J. C.

CHAPITRE PRÉLIMINAIRE

I

Lorsqu'un débiteur se trouve hors d'état de satisfaire, aux époques fixées par les divers contrats, la totalité de ses créanciers, permettre au premier qui se présentera de recevoir un paiement intégral, au détriment de ceux qui, soit parce qu'ils ont donné dès l'abord un terme, soit parce qu'aujourd'hui ils se montrent disposés à en accorder un, ne viendraient se présenter que plus tard, serait introduire une flagrante inégalité entre des droits que la nature a faits égaux, pour donner une prime à l'égoïsme et à la défiance. Vous avez le droit, vous, créancier impitoyable, d'exiger sans répit votre argent ; mais, de mon côté, moi, créancier moins inhumain, j'ai le droit d'attendre, sans qu'il doive en résulter pour moi le moindre préjudice. Si vous avez le droit d'être rigoureux, moi j'ai celui d'être clément. Entre nous deux, qui décidera ?

Cette situation a dû attirer partout et de tout temps l'attention du législateur. Il n'est pas jusqu'aux législations les plus barbares qui n'aient compris qu'en présence d'un pareil conflit entre les différents créanciers d'un insolvable, il serait inique de donner la préférence au plus pressé, et que la règle à suivre était de procéder entre tous à une juste répartition.

C'est ainsi que chez les peuples primitifs de l'Asie et de l'Europe, de l'Inde comme de la Grèce et de l'Italie, où la contrainte par corps, poussée jusqu'à ses dernières limites, était dans l'origine et n'est restée depuis que trop longtemps en usage, on avait trouvé le moyen de concilier, par un singulier mélange de subtilité juridique et de grossièreté farouche, le principe d'égalité entre les créanciers avec l'impossibilité matérielle d'un partage qui semblait résulter de ce que l'exécution sur la personne humaine est indivisible. Pour n'en donner qu'un exemple, à Rome, à l'imitation d'Athènes où, même après les lois de Solon, le corps de quiconque mourait insolvable était délivré comme gage aux créanciers, la loi des Douze Tables consacrait à leur profit l'horrible faculté de se partager par morceaux le cadavre de leur débiteur. De cette façon, tous avaient leur part : le principe d'égalité était satisfait !

Cet étrange scrupule de la justice des temps barbares, qui nous paraît une sanglante ironie au milieu de tant de cruauté, nous le retrouvons dans les époques plus douces, où il forme la base de toute législation sage en matière d'insolvabilité : répartir non plus le corps, mais les biens du débiteur entre ses créanciers, quand il est incapable de les désintéresser tous intégralement, voilà le but de la loi chez tous les peuples. Nous allons voir quelles institutions furent successivement introduites chez les Romains à cet effet, et quelles modifications a dû subir cette distribution de la dépouille funèbre du débiteur, écrite dans la loi des Douze Tables, pour devenir ce qu'elle fut plus tard et ce qu'elle est encore aujourd'hui chez les peuples modernes, la distribution de l'actif de son patrimoine.

II

La disposition de la loi des Douze Tables, à supposer qu'il faille l'entendre dans ce sens terrible que semble comporter ses termes, ne fut guère autre chose qu'une disposition purement comminatoire, et ne reçut, d'après le témoignage unanime des historiens, que de rares applications, si jamais elle en eut aucune. D'ailleurs, le principe même de la contrainte par corps fut bientôt singulièrement restreint par une loi Petilia Papiria qui, comme les lois de Solon l'avaient fait à Athènes, prohiba désormais à Rome les conventions par lesquelles le débiteur engageait sa personne au paiement de la dette, ne laissant ainsi subsister que la contrainte par corps qui serait prononcée par le juge. Enfin le dernier coup fut porté à l'exécution sur la personne par un édit du préteur Rutilius, qui, sans abroger la procédure des Douze Tables, ce qu'il n'était pas en son pouvoir de faire, introduisit à côté une procédure d'exécution sur les biens, qui empruntait à la vieille loi ses formes et sa réglementation, tout en en différant essentiellement par le fond : c'est la procédure de la vente en masse des biens d'un débiteur insolvable, à la requête et au profit de ses créanciers. Nous allons étudier avec quelque détail cette procédure, et en la combinant avec les effets rescisoires de l'action Paulienne, nous y trouverons en germe la plupart des grands principes qui régissent encore aujourd'hui la faillite, avec tout le cortége de nullités d'actes qu'elle entraîne.

Cette procédure n'étant plus en usage dans le droit de Justinien, les lois de cet empereur n'en parlent que pour nous dire qu'elle exista jadis; mais deux jurisconsultes des plus considérables et contemporains de l'institution, Cicéron, dans sa plaidoirie pour Quintus, et Gaïus, dans son ouvrage des Institutes, nous en présentent un assez complet tableau, et c'est là, à la source même, que nous irons puiser nos renseignements.

Nous examinerons d'abord dans quels cas il pouvait y avoir lieu à cette vente en masse; —puis, quels en étaient les préliminaires; — ensuite la vente elle-même, et là nous esquisserons brièvement la théorie des rescisions d'actes que les créanciers pouvaient faire prononcer en cas d'insolvabilité, théorie qui forme comme le corollaire nécessaire d'une bonne loi sur les faillites, dans toutes les législations; — enfin nous terminerons par la cession de biens.

CHAPITRE PREMIER

Il n'y avait, à l'origine, et il n'y eut, pendant toute la durée de la République, que cinq cas principaux où il pouvait y avoir lieu, au profit des créanciers, à faire vendre en masse le patrimoine de leur débiteur.

En premier lieu, le cas du débiteur qui, condamné à payer une somme d'argent, n'exécuterait pas volontairement et dans les délais la sentence; — le cas de celui qui se serait caché pour frustrer son créancier; — le cas de l'absent qui n'aurait point été défendu devant le juge; — de celui qui aurait quitté son domicile pour se rendre en exil; — et enfin le cas de celui qui, après sa mort, n'aurait point d'héritier connu.

Tous ces différents cas peuvent se ramener à un seul et se résumer en cette simple formule :

« Toutes les fois qu'un créancier avait fait tout ce qu'il « était en son pouvoir de faire pour parvenir à ce que la « dette fût judiciairement établie, — *qu'il eût atteint ce « résultat ou qu'il en eût été empêché par une circonstance « indépendante de sa volonté*, — il avait droit, d'après « l'édit du préteur, à procéder aux opérations de la vente « en masse du patrimoine. »

Nous avons laissé de côté certaines hypothèses spéciales qui ne pouvaient trouver leur réalisation que dans la société romaine, et qui, pour cette raison, ne présentent plus aujourd'hui qu'un pur intérêt de curiosité historique; nous nous bornons à citer le cas où un citoyen, libre de toute puissance paternelle, s'était donné en adoption. Les créanciers avec lesquels il avait contracté antérieurement à son adoption pouvaient, si le père adoptif refusait d'accepter le débat judiciaire engagé sur leur poursuite, procéder sur les biens qui, avant l'adoption, avaient formé le patrimoine de leur débiteur, absolument comme si aucune adoption n'avait eu lieu. Il semblerait aujourd'hui que cela fût inutile à dire : comment, en effet, une adoption, qui est un acte privé intervenu entre deux particuliers, peut-elle modifier en rien les rapports de créancier à débiteur existant entre deux autres particuliers? C'est que précisément les Romains, chez qui la propriété et tous les autres droits civils n'étaient pas tant des droits individuels que des droits collectifs de famille, considéraient plutôt l'adoption comme un acte politique que comme un acte de pur droit privé, lorsqu'elle portait sur un chef de famille; ce n'était pas seulement un individu qui passait alors d'une famille à une autre, c'était une famille tout entière qui venait s'absorber et disparaître dans le sein d'une autre famille; la personnalité juridique de l'adopté s'éteignait en celle de son père adoptif. Désormais pour lui plus de droits, plus d'obligations : voilà la doctrine rigoureuse de la loi romaine! Mais comme elle eût entraîné à de trop énormes iniquités, en donnant à la fiction même un effet rétroactif, le magistrat dut y apporter un tempérament : le père adoptif, en droit strict, n'était pas tenu de payer les dettes antérieurement contractées par l'adopté, mais le préteur le contraignait indirectement à le faire, sous peine de lui retirer le bénéfice de la fiction de la loi. S'il ne voulait pas considérer comme siennes les dettes de l'adopté, de leur côté les créanciers avaient le droit de traiter les biens de celui-ci comme s'ils lui eussent encore appartenu. Tout cela est bien savant et bien compliqué, dira-t-on. C'est que plus une législation est rationnelle, plus elle est simple; au contraire, une fois que l'on s'est écarté de la voie du bon sens, ce n'est que par les chemins les plus détournés qu'on peut y rentrer.

Mais revenons aux cinq cas principaux qui doivent nous intéresser plus particulièrement, parce qu'ils se comprennent de tous les temps et que nous les retrouverons presque sans différence dans les législations des peuples modernes.

I

Le premier cas, le cas normal, et aussi le plus fréquent de tous, est celui où la justice a suivi régulièrement son cours : le créancier a obtenu contre son débiteur une condamnation, ou bien, ce qui revient au même, il y a eu aveu judiciaire, c'est-à-dire que le débiteur, au début même de l'instance et devant le magistrat chargé d'établir le point de droit, a reconnu sa dette, sans qu'il ait été nécessaire de renvoyer les parties devant le juge-juré qui tranchait à Rome le point de fait, dans les contestations de droit civil ; les deux cas étaient mis absolument

tous deux sur le même pied, car « celui qui avoue en jus-
« tice, disaient les jurisconsultes romains, prononce en
« quelque sorte lui-même sa propre condamnation. »

Désormais le débiteur n'est plus seulement obligé en vertu d'un acte conventionnel ; il est tenu en vertu d'un acte judiciaire ; la loi met aux mains du créancier une arme autrement puissante que l'action ordinaire engendrée directement par les contrats : elle lui donne l'action dérivant des jugements, dont la sanction est bien plus impérieuse et plus terrible. Cette sanction c'est la contrainte par corps judiciaire qui, adoucie par la loi Pœtilia, mais non pas complètement abolie comme la contrainte par corps conventionnelle, subsistait même aux derniers temps de la République, d'après le témoignage de Tite-Live, et lui survécut encore pendant bien des siècles, ainsi qu'il résulte d'un passage d'Aulu-Gelle ; trente jours après jugement ou aveu judiciaire, et faute d'exécution dans ce délai, le créancier pouvait appréhender au corps la personne de son débiteur pour le conduire devant le magistrat ; là, s'il ne lui était sur-le-champ satisfait, il avait le droit d'emmener chez lui le réfractaire et de l'y garder en charte privée; puis, faute de paiement dans un nouveau délai de soixante jours, le débiteur pouvait être mis à mort ou vendu comme esclave à l'étranger. Mais, à côté de cette sanction plus que rigoureuse, dont au moins on cessa bientôt de faire un fréquent usage, s'il ne nous est pas permis de dire qu'elle tombât jamais absolument en désuétude, le préteur en avait introduit une autre moins inhumaine, mais non moins efficace, et c'est précisément celle qui nous occupe : la vente en bloc des biens du débiteur. Pas plus qu'aucun autre de ces procédés si nombreux et si variés, employés par le magistrat romain pour adoucir la rudesse des lois primitives, cette institution n'était sortie tout armée du cerveau du préteur : il n'avait fait qu'étendre par analogie à tout débiteur quelconque ce que la loi elle-même avait établi pour le cas spécial où il s'agissait d'une condamnation prononcée au profit du trésor, en autres termes, assimiler aux questeurs publics les créanciers particuliers : voilà pour le fond ; quant à la forme, il l'avait empruntée aussi au vieux droit civil et l'on retrouve, dans la procédure d'exécution sur es b iens, pour la fixation de l'époque où pourrait s'opérer la vente aux enchères, ce même délai de trente jours qui, dans la loi des Douze Tables, était imposée aux créanciers avant qu'ils pussent se faire adjuger la personne de leur débiteur.

II

Nous entrons maintenant dans l'examen des hypothèses où le créancier n'est pas parvenu effectivement à faire établir en justice l'existence de sa créance, mais a, du moins, fait pour cela tout ce qu'il lui était possible de faire, de sorte que, n'ayant rien à se reprocher, il serait injuste qu'il pût souffrir aucun préjudice d'une circonstance absolument indépendante de sa volonté!

Cette circonstance peut consister soit dans le fait du débiteur, soit dans un fait étranger même à la volonté de celui-ci. Elle consiste en un fait de la volonté du débiteur, dans le cas où il se cache pour échapper aux poursuites. Cette hypothèse est assez longuement examinée par Ulpien, dans la septième loi, au titre IV du livre XLII du Digeste de Justinien.

« Pour que l'édit soit applicable, écrit le jurisconsulte, « il ne suffit pas qu'on se cache, il faut qu'on le fasse « pour porter préjudice à ses créanciers, de même « qu'en sens contraire, tout ce qu'on pourrait faire pour « porter préjudice à ses créanciers, tant qu'on ne se

« cache pas, ne saurait leur donner droit à procéder à la « vente en masse; le fait de se cacher et l'intention « frauduleuse sont donc tous deux indispensables... Si « donc on a fait saisir et vendre par erreur les biens d'un « citoyen qui ne se cachait pas, la vente des biens sera « nulle et sans effet.

« Mais demandons-nous ce qu'il faut entendre par se « cacher. Ce n'est pas, ainsi que le définit Cicéron, se « dérober par honte aux regards; on peut, en effet, se « cacher par un motif qui ne soit pas honteux : ainsi « pour échapper à la fureur d'un tyran, au fer de l'enne- « mi, aux violences de la guerre civile.

« Il peut arriver que quelqu'un se cache frauduleuse- « ment, mais non pas en vue de ses créanciers, quoique « en fait il leur porte par là préjudice : il n'y aura pas « lieu de procéder contre lui à la vente des biens en bloc; « car on ne peut pas dire qu'il se cache dans l'intention « de préjudicier à ses créanciers. Or, ce qu'il faut con- « sulter, c'est l'intention qu'il a en se cachant : a-t-il ou « non en vue de porter préjudice à ses créanciers?

« Mais alors que faudra-t-il décider, s'il avait en se « cachant deux ou plusieurs motifs, et entre autres celui « de préjudicier à ses créanciers ? Sera-t-on en droit de « procéder à la vente? Oui, pense le jurisconsulte, on « pourra argumenter contre lui de ce qu'au nombre des « raisons qui l'ont porté à se cacher était le dessein de « préjudicier à ses créanciers; la vente pourra donc se « faire en pareil cas.

« Que faudra-t-il décider encore, s'il ne cherche à se « dérober aux regards que des uns et non des autres?— « Pomponius a dit avec raison qu'il n'est pas nécessaire « qu'on se cache en vue de tout le monde, il suffit qu'on « le fasse pour celui auquel on se propose d'échapper et « de préjudicier en ce cachant. Mais alors tous pourront- « ils également requérir la vente en masse motivée sur

« ce qu'il se cache ? Tous, c'est-à-dire même ceux aux- « quels il n'a pas l'intention de nuire en se cachant, par « cela seul qu'il se cache, ou bien celui-là seulement « pour lequel il se cache? Il est bien vrai qu'il se cache, « et qu'il se cache pour porter préjudice à quelqu'un, « bien que ce ne soit pas pour moi; mais Pomponius « croit que la question est de savoir s'il se cache pour me « nuire, à moi; celui-là donc peut seul obtenir la vente « en masse, à cause duquel il se cache.......

« Il faut bien remarquer une chose : c'est que l'on peut « être dans la même ville où l'on a ses créanciers, et ce- « pendant *se cacher*, de même qu'en sens inverse on « pourrait être dans une autre ville, sans pour cela *se ca-* « *cher* : en effet, il est évident que, si, dans cette autre « ville, on se montre dans les lieux publics, on ne se ca- « che pas. La règle qui prévaut aujourd'hui, c'est que « celui-là doit être considéré comme se cachant, qui « évite la rencontre de ses créanciers, qu'ils soient ou « non dans le même endroit, qu'ils soient même en pays « différents......» Bien mieux, les anciens étaient d'avis que, « celui-là se cache qui, se trouvant avec son créancier « dans une même place publique, se serait, pour éviter « la rencontre, esquivé derrière les colonnes des monu- « ments. Car, qu'importe qu'il ait quitté la ville ou qu'il « y soit encore, du moment qu'il ne s'y laisse pas « aborder? »

De même que, dans l'hypothèse où la justice a suivi son cours régulier, nous avons montré que le différend pouvait se terminer soit devant le juge-juré, quand le point de fait lui-même avait été contesté, soit devant le magistrat chargé d'établir le point de droit, quand il avait eu aveu de la part du débiteur, de même encore ici deux cas possibles se présentent : celui où le débiteur, après avoir comparu devant le magistrat et donné caution de se représenter tel jour devant le juge-juré, se cache entre les deux phases de la procédure ; puis celui où il se cache même avant toute poursuite, de sorte qu'il est impossible au créancier de le faire comparaître devant le magistrat pour y prendre jour afin de se présenter ensuite devant le juge-juré. Les deux cas étaient bien soigneusement distingués par le préteur dans son édit, mais pour être traités à l'égal l'un de l'autre; dans tous deux, en effet, le débiteur se rend coupable de la même faute : il cherche à arrêter le cours de la justice, il est juste qu'on vienne au secours du créancier.

Remarquons enfin que le débiteur qui se cache ne peut subir la vente en bloc de son patrimoine que si personne ne se présente, à son défaut, pour défendre à l'action des créanciers, car qu'importe à qui le créancier ait affaire, pourvu qu'il trouve à qui s'adresser? Toutefois, pour tout le temps où subsista le principe que nul ne peut se faire représenter par autrui devant le magistrat, cette remarque ne peut s'entendre que du cas où l'instance a été liée devant le magistrat et où il n'y a, par conséquent, défaut que devant le juge. Plus tard l'observation devient vraie dans un cas comme dans l'autre, la possibilité de la représentation s'étant généralisée.

III

L'examen des cas précédents nous a présenté l'exemple d'un débiteur qui, par son fait, a mis obstacle à ce que son créancier obtînt contre lui reconnaissance judiciaire de sa créance ; ce fait consistait dans un acte frauduleux de sa part. Nous allons maintenant voir une hypothèse où il ne s'agit plus d'un acte frauduleux, mais d'une simple négligence et où néanmoins, comme après tout sa négligence est coupable, la loi vient au secours du créancier qui n'a, lui, rien, pas même une simple négligence, à se reprocher.

C'est le cas où le débiteur absent n'a laissé personne pour le défendre en justice ; ou, pour mieux dire, c'est le cas où le débiteur absent ou non, mais sans se cacher, ne se présente en justice ni par lui-même ni par un autre qui s'offre pour le défendre ; en effet, les jurisconsultes nous disent qu'il faut traiter comme absents le mineur et le fou, même présents, quand ceux auxquels la loi a donné mandat de les représenter en justice manquent à répondre aux poursuites des créanciers. Mais alors dira-t-on, s'il est vrai que la seule chose à considérer soit de savoir si le débiteur s'est ou non, par lui-même ou par tout autre, présenté en justice, comment séparerons-nous ce cas du précédent que nous examinions tout à l'heure ? Qu'importe, en effet, que le débiteur se soit ou non caché, si dans un cas comme dans l'autre la loi ne permet de procéder sur ses biens à la vente en masse qu'autant qu'il n'a pas été défendu en justice ?

L'objection semble embarrassante ; et pourtant il ne faut pas penser à y échapper en réunissant en une seule les deux hypothèses, et tourner ainsi la difficulté ; car Cicéron et Gaïus prennent tous les deux la peine de les séparer dans leur énumération. Il faut donc tâcher d'y répondre et nous espérons y parvenir. En effet, Ulpien pose lui-même la question dans la 2e loi du titre que nous avons déjà cité : « Qu'un débiteur se cache ou que, sans « se cacher, il ne soit pas défendu, n'est-il pas toujours « vrai qu'en somme il ne se présente pas en justice ? — « C'est, répond le jurisconsulte, que celui-là est considéré « comme étant défendu qui par son absence ne nuit en « rien à la situation de son adversaire. » Au contraire, si le débiteur s'était frauduleusement caché, le créancier pourrait invoquer contre lui l'édit du préteur et suivre la voie rigoureuse de la vente en masse, sans distinguer ou non s'il y a péril en la demeure. Voilà donc une première différence.

En outre, on peut conjecturer d'un autre passage du même jurisconsulte qu'il y avait encore une distinction à faire entre les deux cas, en ce qui concerne les effets produits par la vente des biens, au moins dans l'hypothèse spéciale où le créancier réclamait non pas qu'on lui payât une somme d'argent, mais qu'on le mît en possession d'un immeuble. Voici, en effet, comment s'exprime Ulpien, dans la 7e loi déjà citée : « Que faudra-t-il décider « si le débiteur se cache pour échapper à une action en « revendication de propriété ! Pourra-t-on procéder à « la saisie et à la vente des biens ? Nératius répond affir- « mativement et un rescrit d'Adrien est venu consacrer « sa doctrine, aujourd'hui universellement admise. Il est « vrai que Celse, dans une réponse à Sextus, supposant « que Pierre revendique contre Paul un immeuble dont « il est en possession et que, celui-ci étant absent, per- « sonne ne le défende, pense que c'est seulement sur « l'immeuble en question et non sur la masse des biens « que la saisie pourra être pratiquée. » Mais Ulpien fait remarquer que la consultation de Celse porte sur le cas où le débiteur est simplement absent et non sur le cas où il se cache, montrant par là que les deux hypothèses ne sont pas réglées à l'égal l'une de l'autre. Voilà donc un second point de divergence.

Enfin on pourrait soutenir qu'il y avait encore entre les deux cas une troisième différence plus générale et plus importante, consistant en ce que, s'il s'agissait du débiteur qui se cache, l'excédant de la valeur des biens sur le total des dettes, lorsqu'il y en avait un après la vente, ne lui revenait jamais, tandis que s'il s'agissait purement et simplement du débiteur absent, nous ne voyons pas qu'il en fût toujours ainsi. En effet, Ulpien, dans la 7e loi déjà citée, nous dit formellement le contraire en ce qui concerne certaines personnes, et notamment le fou et l'enfant en tutelle. On pourrait même être tenté d'étendre cette décision à toutes autres personnes dont on ne peut pas dire qu'elles se cachent, en se fondant sur la phrase suivante du jurisconsulte : « Il « faut dire de même u prodigue, et en général de tous « ceux qui ont besoin du secours d'un curateur, car ceux-« là, on ne peut pas dire, à proprement parler, qu'ils se « cachent. » S'il est vrai que ce soit là la raison de décider qui détermine le jurisconsulte, il est évident que nous serons en droit d'appliquer cette décision partout où nous rencontrerons la raison de décider, c'est-à-dire partout où nous serons en présence d'un débiteur qui ne se cache pas, qui est simplement absent. Mais une pareille interprétation donnerait une trop large portée à une proposition à laquelle le jurisconsulte n'a pas entendu attacher d'importance et dans laquelle il se bornait à exprimer, telle qu'elle lui venait à l'esprit, une réflexion, vraie en soi, dont il n'a pas calculé peut-être les conséquences. La preuve en est dans le même passage d'où nous avons extrait le membre de phrase qui pourrait prêter à controverse : plus haut, en effet, le jurisconsulte, après avoir dit que pas plus le fou que l'enfant en tutelle, ne devait, en cas de vente des biens, être privé de l'excédant qu'il pourrait y avoir après le paiement des dettes, en donne pour raison que la condition du fou a beaucoup d'analogie avec celle du pupille : or, il est clair qu'il n'y aurait pas besoin d'invoquer cette raison particulière d'analogie, si la décision de la loi se fondait sur une raison générale et s'appliquait sans distinction à tous les cas où le débiteur ne se présente ni par lui-même ni par autrui en justice, sans qu'on puisse dire de lui qu'il se cache. D'ailleurs le plaidoyer de Cicéron pour Quintius tranche tous les doutes : c'est, en effet, précisément sur une question de vente de biens en cas de simple absence que roule tout le débat dans cette affaire, et il nous est dit que rien absolument n'est laissé au débiteur qui subit la vente de son patrimoine. Ce n'est donc que pour l'hypothèse spéciale, signalée par Ulpien, où il s'agit d'un pupille, ou d'un fou non représenté en justice, ou de toute autre personne que l'on peut leur assimiler, mais non pas pour tout débiteur sans distinction, que nous pouvons établir cette troisième différence entre le cas précédent et celui que nous examinons.

Nous croyons néanmoins avoir suffisamment répondu à l'objection que nous nous faisions tout à l'heure à nous-même, et avoir démontré que Cicéron et Gaïus avaient raison d'énumérer séparément les deux hypothèses.

Nous en avons fini avec les cas où le débiteur s'est rendu directement coupable, soit par fraude, soit au moins par négligence.

IV

Nous passons maintenant à la série des cas où ce n'est plus le fait, j'entends le fait direct, du débiteur qui empêche le créancier d'obtenir que son droit soit judiciairement établi.

Ici nous rencontrons d'abord le cas du débiteur qui a quitté son domicile pour se rendre en exil, sur lequel nous n'avons que peu de chose à dire et qui nous servira comme de transition pour arriver à celui que nous avons réservé pour la fin. En effet, nous n'entrons pas du premier coup dans une hypothèse où le hasard pur, absolument indépendant de tout fait direct ou indirect de la volonté du débiteur, forme le seul obstacle qui barre au créancier la voie régulière de la procédure ordinaire. Nous sommes dans une hypothèse mixte ; le hasard y est pour beaucoup, mais la volonté du débiteur y est encore pour quelque chose ; l'exil est bien pour l'exilé un événement fortuit, qu'il n'a certes pas appelé de ses vœux, mais qu'il subit contre sa volonté, et, pourtant, cet événement, dans la plupart des cas, il l'aura provoqué par sa conduite, de sorte qu'il sera permis de dire que, tout en le redoutant, il l'a voulu.

Nous ne trouvons pas dans les textes des jurisconsultes de détails suffisants pour nous étendre longuement sur cette hypothèse spéciale. Nous dirons seulement que tout porte à croire qu'ici la vente des biens avait lieu dans tous les cas, sans qu'un tiers pût l'empêcher en s'offrant pour défendre en justice l'absent pour cause d'exil. En effet, s'il en était autrement, il importerait peu que l'absence fût motivée par l'exil ou par toute autre raison, et Cicéron ne prendrait pas la peine de mentionner tout spécialement le cas de l'exil : il devait donc y avoir là quelque chose comme une sorte de mort civile attachée au bannissement, et alors voici comment se seraient réglés les différents cas possibles d'absence : y avait-il absence pour raison de famille, pour affaires de commerce, pour voyage d'agrément ou d'instruction, etc., les créanciers ne pouvaient saisir et faire vendre en masse le patrimoine de l'absent, qu'autant qu'il ne se présentait personne pour le défendre en justice. — S'agissait-il, au contraire, d'une absence pour cause de bannissement, il y avait lieu à la vente du moment que les créanciers la requéraient, sans que personne pût représenter le banni. — Enfin, et le cas est spécialement prévu par les jurisconsultes romains, si l'absence était motivée par le service de l'Etat, l'absent était protégé contre toute vente de son patrimoine, sans qu'il fût besoin que personne se présentât pour le défendre en justice.

V

Nous voici maintenant arrivés au cinquième et dernier cas, le seul où il soit absolument vrai de dire que le créancier s'est trouvé dans l'impossibilité de suivre le cours régulier de la justice ordinaire, sans que ni la volonté directe ou indirecte du débiteur, ni son fait même tout à fait involontaire y soit entré pour rien. C'est le cas de celui qui, après sa mort, n'aurait point d'héritier connu. Ce cas se détache des précédents avec tant de netteté que les jurisconsultes romains, et nommément Gaïus, en formaient une catégorie à part qu'ils opposaient à tous les autres et distinguaient deux espèces de ventes de biens différentes, « celle des biens des vivants, et celle des biens des morts. » S'il y avait un héritier connu, c'est à lui que les créanciers s'adresseraient, et celui-ci paierait comme il l'entendrait, soit avec son propre argent, soit avec le produit de la vente des biens du défunt qu'il lui serait libre de transformer en argent par des ventes en détail, par des ventes à l'amiable. A défaut d'héritier qui procède à ces opérations de paiement et de vente, sous la garantie de son impartialité et sous la responsabilité de son propre patrimoine, à lui, c'est à la masse des biens du défunt que devront s'adresser les créanciers et, comme ici les ventes en détail et les ventes à l'amiable seraient dangereuses, c'est une vente en bloc, c'est une vente réglée suivant les formalités de justice que la loi les autorise à provoquer.

Nous avons vu qu'en définitive, dans tous les cas que nous venons de passer en revue, l'idée dominante du législateur est toujours la même : toutes les fois qu'il est certain, ou du moins qu'il est à présumer que le créancier ne peut ou ne veut désintéresser volontairement un quelconque de ses créanciers qui réclame son droit et dont la créance est échue, ne pas permettre à ce créancier de procéder sans contrôle et de son autorité privée à la vente de tel ou tel des biens de son débiteur et de se créer ainsi une condition privilégiée, mais ne lui donner d'autre recours que de poursuivre en justice une vente où tous seront appelés et dont le produit sera distribué entre tous par une juste répartition, voilà le principe de la législation romaine. Voyons maintenant comment il était mis en pratique et par quelles règles de procédure l'application en était réglementée.

CHAPITRE DEUXIÈME

Et d'abord; avant d'étudier la vente elle-même, arrêtons-nous aux préliminaires qui conduisaient à cette vente. Car, à supposer que l'on se trouvât bien en présence d'un des cinq cas que nous avons examinés, il y avait, avant d'arriver à la vente, certaines formalités à remplir, certains délais déterminés à observer.

On comprendra qu'il est assez difficile, après deux mille ans, de faire revivre dans tous ses détails une procédure qui n'existait déjà plus du temps de Justinien et qui, par cette raison, n'a pu nous être transmise dans les recueils officiels des lois de cet empereur. Cette difficulté, qui était encore au commencement de notre siècle une impossibilité absolue, peut être aujourd'hui surmontée, depuis 1816, grâce aux recherches du savant historien Niebuhr, qui retrouva dans la bibliothèque du chapitre de Vérone un vieux manuscrit où les efforts de la science parvinrent à déchiffrer, sous la nouvelle écriture qui le recouvrait, les caractères imparfaitement effacés d'un plus ancien ouvrage sur lequel le scribe, après avoir lavé et gratté le parchemin, avait, pour l'utiliser de nouveau, recopié les œuvres de saint Jérôme : c'est ainsi que furent reconstituées, presque dans leur intégralité, les Institutes du jurisconsulte Gaïus. Malheureusement, au nombre des passages où tous les procédés de la chimie sont restés impuissants à rendre exactement à la lumière l'ancienne écriture, se trouve précisément l'endroit où Gaïus exposait les règles de la vente du patrimoine. Il y a là, aux fragments 79 et 80 du troisième Commentaire, une très regrettable lacune à laquelle on ne peut suppléer que par des conjectures. Tels qu'ils sont cependant, les quelques mots de Gaïus nous inspirent plus de confiance qu'un certain passage, très exactement conservé, d'un jurisconsulte contemporain de Justinien, qui, lui aussi, nous a laissé des renseignements sur la matière; je veux parler de Théophile, le même qui, après avoir pris part à la rédaction officielle et en langue latine des Institutes de l'empereur Justinien, en écrivit en langue vulgaire, c'est-à-dire alors en grec, une sorte de traduction libre ou plutôt d'explication sommaire. Sans contester par ailleurs les grands mérites de l'ouvrage du jurisconsulte byzantin, nous nous demandons seulement quelles garanties de crédibilité présente le témoignage d'un homme qui vivait à cette époque, si on le compare à l'autorité de Gaïus, qui ne fait pas, lui, de l'érudition de seconde main, mais qui se borne à déclarer ce qu'il a vu, ce qu'il a pratiqué par lui-même ! Voilà pourquoi nous nous sommes cru en droit de dire qu'avant la découverte du manuscrit de Vérone, nous ne savions absolument rien sur les détails de la procédure que nous examinons : cette précieuse découverte, en nous éclairant sur la matière, nous a montré que Théophile n'en savait guère plus que nous à cet égard. C'est ce dont nous allons nous convaincre en examinant les différents points qui ressortent du texte de Gaïus.

Le préliminaire indispensable par où le créancier doit passer, avant d'arriver à la vente, c'est la saisie des biens.

I

Cette saisie, comment s'obtenait-elle ? Premier point sur lequel les renseignements de Théophile nous paraissent fort inexacts. La saisie s'obtient par un décret du préteur qui permet au créancier de se mettre en possession des biens du débiteur : il n'est pas nécessaire, malgré l'assertion de Théophile, que les créanciers se réunissent à cet effet et aillent d'un commun accord s'adresser au magistrat. D'après ce jurisconsulte, il n'y aurait jamais lieu à la saisie, c'est-à-dire à l'envoi en possession, qu'autant que le débiteur aurait de nombreux créanciers, et que ceux-ci s'entendissent entre eux. Or, ce serait là porter au droit du créancier une double restriction, une double entrave dont nous ne trouvons aucune trace autre part que dans Théophile. Gaïus, en effet, ne dit rien de semblable ; ce n'est qu'après la saisie qu'il nous montre la nécessité pour les créanciers de se réunir. Cicéron, de son côté, nous décrit une saisie opérée sur la demande d'un seul créancier. Enfin, de nombreux fragments insérés dans la compilation législative de Justinien viennent encore confirmer cette idée et la mettre absolument hors de doute. Ainsi le jurisconsulte Paul se demande, dans la 12e loi du titre V du XLIIe livre déjà cité, ce qu'il faut décider quand un seul des créanciers demande la saisie des biens du débiteur : « Pourra-t-il seul se mettre en posses-« sion des biens ? ou, au contraire, une fois que le préteur « a, sur la demande d'un seul, accordé l'envoi en posses-« sion, sera-t-il libre à tous d'y prendre part ? Il vaut « mieux dire que le préteur, en accordant sa permission, « ne l'a pas accordée uniquement à telle personne qui l'a

« demandée, mais d'une façon absolue à tous les créan-« ciers. C'est d'ailleurs l'avis de Labéon. » Il est évident que la question ne pourrait pas même se poser, si l'envoi en possession ne pouvait être accordé que sur une demande collective des créanciers.

Admettant donc comme une chose indiscutable qu'il n'était pas nécessaire pour les créanciers de se réunir afin de demander au préteur un décret d'envoi en possession, et restant dans l'hypothèse que nous présente le jurisconsulte Paul, examinons avec lui les questions auxquelles elle pourrait donner naissance.

La demande d'envoi en possession, faite par un seul des créanciers, profite à tous : c'était l'avis de Labéon, c'est enfin l'avis de Paul. — Mais, pourra-t-on dire, décider ainsi, c'est violer la vieille règle inflexible du droit, qui veut que personne ne puisse rien acquérir par autrui, sauf les exceptions découlant des attributs de la puissance du chef de famille! — Cette objection, le jurisconsulte l'a prévue, et voici comment il y répond : « Qu'on « ne vienne pas nous dire que par là nous donnons à une « personne libre de toute puissance le pouvoir d'acquérir « pour autrui ; il ne s'agit nullement ici d'acquisition ni « pour autrui, ni pour soi-même, mais bien d'une per-« mission du préteur ; c'est tout simplement une formalité « que remplit un des créanciers, il est juste qu'elle pro-« fite à tous. » Cette décision nous paraît irréprochable au point de vue de la raison pure ; mais, sans parler de la subtilité de l'argument de droit qui la motive, ne nous est-il pas permis de nous étonner que les mêmes jurisconsultes qui ne se lassent pas de répéter, conformément au vieil adage, que la loi romaine ne s'occupe que de ceux qui veillent à leurs intérêts, tiennent à présent un pareil langage et s'écrient qu'il n'y a pas à s'occuper de savoir s'il y a eu négligence chez les uns, vigilance chez les autres; que tous les créanciers d'un même débiteur seront mis sur la même ligne, la formalité remplie par un d'eux profitant à tous les autres ? Il y a là certainement au moins une apparente contradiction ! Mais poursuivons avec le jurisconsulte :

« Bien entendu que si la demande se trouve avoir été « faite par quelqu'un qui n'est pas créancier, celui-là « même qui est créancier ne pourra en aucune façon se « mettre en possession, car dans ces conditions la de- « mande est absolument nulle. Il en serait autrement si le « créancier, sur la demande duquel aurait été obtenu « l'envoi en possession, recevait ensuite le montant de « sa créance. Dans ce cas, en effet, les autres créanciers « n'en resteront pas moins maîtres de poursuivre la vente « des biens. »

Qui pouvait obtenir l'envoi en possession? — Celui-là, nous dit Paul, qui pouvait poursuivre la vente en masse des biens (14e loi du titre IV). Cette réponse ne nous paraît guère satisfaisante. On peut faire remarquer, en effet, d'abord qu'elle détourne la question et la déplace au lieu de la résoudre, puisqu'il nous reste à savoir maintenant qui peut poursuivre la vente en masse des biens ; et de plus, qu'elle n'est pas tout à fait exacte; car, s'il est certain que celui-là seul peut poursuivre la vente qui a d'abord obtenu l'envoi en possession, il n'est pas rigoureusement vrai que la réciproque existe et que celui-là seul puisse obtenir l'envoi en possession qui a le droit de poursuivre la vente en masse. Il y a, au contraire, des cas où la vente est impossible, bien qu'il y ait lieu à envoi en possession : c'est ce qui a lieu quand il s'agit d'un pupille ou d'un débiteur absent pour le service de la nation ; les créanciers peuvent poursuivre la saisie de leurs biens, mais, à moins de circonstances fort graves, cette saisie conserve le caractère d'une mesure purement conservatoire, et n'entraîne aucune expropriation. Quoi qu'il en soit de cette réponse, le jurisconsulte s'en sert pour en conclure que les créanciers sous condition ne peuvent pas obtenir l'envoi en possession. Que faut-il penser de cette assertion? Après avoir rejeté le motif que Paul cherche à en donner, rejetterons-nous aussi l'assertion elle-même? On pourrait en être tenté, à ne s'en tenir qu'à un autre passage du même jurisconsulte, qui semble être la négation complète de ce qui est écrit dans la 14e loi ; je veux parler de la 6e loi (même titre), où nous trouvons en propres termes cette proposition, qu'il est d'usage d'envoyer en possession, même le créancier auquel il n'a été fait qu'une simple promesse conditionnelle. Comment concilier le jurisconsulte Paul avec lui-même?

Je crois que, pour trouver la clef de cette apparente contradiction entre deux passages du même auteur, il suffit d'admettre que chacun d'eux se rapporte à une hypothèse différente.

Dans l'un, le jurisconsulte, après avoir parlé d'une autre espèce de saisie ou envoi en possession qui appartient aux légataires, et ayant montré que, quant à eux, la saisie, qui est purement conservatoire et n'a pas pour résultat d'aboutir à une vente, peut leur être accordée lors même qu'ils ne sont légataires que sous condition, arrivant à ce qui touche la saisie à laquelle ont droit les créanciers : « Quant à celui qui n'est créancier que sous condi-« tion, il ne peut réclamer l'envoi en possession, » dit-il, et c'est alors qu'il donne cette raison que nous critiquons parce qu'elle est à la fois insuffisante et inexacte, mais qui, si l'on n'y regarde pas de trop près et qu'on se borne à ce qui arrivera la plupart du temps, n'est pas absolument fausse en ce sens qu'entendue largement et par opposition à ce qui a lieu en matière d'envoi en possession des légataires, elle explique en quelque mesure pourquoi ceux-ci sont traités différemment des créanciers. La saisie des légataires n'entraîne pas l'expropriation ; la saisie des créanciers, au contraire, n'est qu'un acheminement vers la vente, au moins dans la plupart des cas. Voilà pourquoi on est plus exigeant en ce qui concerne les créanciers. Comme il s'agit d'un acte de la plus haute gravité et non pas d'une simple mesure conservatoire, il ne suffit pas d'une créance éventuelle, il faut être fondé en titre actuellement exigible, pour avoir droit à l'envoi en possession. Ainsi, Paul néglige les cas spéciaux, et, ne statuant que sur ce qui sera le plus général et le plus fréquent, il nous dit, en termes trop exclusifs, mais avec un certain fonds de vérité, que le droit de saisie n'appartient pas au créancier conditionnel. Voilà pour le premier passage.

Dans l'autre, le juriconsulte a en vue le cas plus spécial et plus rare où la saisie des créanciers ne doit pas avoir pour conséquence d'entrainer la vente des biens et où, comme en matière d'envoi en possession des légataires, on n'ira pas au delà d'une mesure de conservation. Ce n'est plus une règle générale que Paul formule en termes larges (trop larges, ainsi que nous l'avons dit), c'est une exception qu'il cite et rien de plus : « Il arrive, dit-il, que « même un simple créancier conditionnel soit envoyé en « possession, » et toute la suite du passage roule sur la même idée ; plusieurs exemples nous sont donnés : celui du pupille, celui de l'absent pour cause de service public, celui du citoyen qui a été fait prisonnier par l'ennemi. Dans ces cas particuliers, il s'agit d'une saisie moins importante ; il n'y a pas autant de danger à ce que les simples créanciers sous condition y soient admis.

Il est donc possible d'expliquer les deux textes de Paul, sans qu'il soit besoin d'y rien intercaler ni d'y rien retrancher, à la simple condition de reconnaître que le jurisconsulte a été un peu trop absolu dans les termes qu'il a employés. Il me paraît bien difficile, au contraire, d'arriver à une solution satisfaisante, si l'on parle de faire subir une correction au texte qui nous est parvenu. Sans doute, la correction une fois faite ferait disparaître toute contradiction ; mais, cette correction, comment la faire et sur quoi se fonder pour y procéder? Corrigerait-on la 14e loi ? Corrigerait-on, au contraire, la 6e ?

Proposerait-on de faire subir une correction à la loi 6 ? Mais ce serait contraire aux principes ! En effet, puisque c'était une règle de droit que le créancier conditionnel avait, comme le créancier pur et simple, la faculté de recourir à toutes les mesures conservatoires contre son débiteur, et que dans les hypothèses spéciales dont parle la loi 6, l'envoi en possession ne constituait rien de plus qu'une saisie purement conservatoire, ce serait méconnaître l'esprit de la législation romaine que de déclarer indistinctement et dans tous les cas l'envoi en possession inapplicable aux créanciers conditionnels ! La même loi qui leur accordait le droit de demander la séparation du patrimoine de leur débiteur défunt d'avec celui de son héritier insolvable, le droit de faire annuler certains actes faits à leur préjudice, et notamment les affranchissements d'esclaves, ne pouvait pas leur refuser le droit bien moins important de se faire envoyer en possession ; la même loi enfin ne pouvait pas se montrer plus défavorable pour des créanciers qu'elle ne l'était pour des légataires, et donner à ceux-ci la faculté de se faire accorder une saisie conservatoire qui n'aurait pas appartenu aux créanciers!

Est-ce, au contraire, la loi 14 que l'on voudrait corriger ? Ici j'avoue que la correction ne me paraîtrait blesser en rien ni l'équité ni la logique. On pourrait très bien comprendre, en effet, que les créanciers conditionnels eussent toujours et dans tous les cas, comme les légataires conditionnels, le droit de saisir les biens, sauf à donner à la saisie des effets limités et le simple caractère d'une mesure de conservation. Seulement ce ne serait pas que le texte de Paul qu'il faudrait corriger ; il faudrait corriger aussi ou plutôt supprimer en entier un passage d'Ulpien qui semble bien dire que ce n'est pas seulement la vente des biens, mais aussi le simple envoi en possession qui ne peuvent pas être poursuivis par les créanciers conditionnels : « En effet, dit Ulpien (par. 14 de la 7e « loi déjà citée), cela ne revient-il pas au même de ne pas « être débiteur du tout, ou d'être débiteur d'une somme « qui n'est pas encore due : c'est ici la même chose pour « nous. » La généralité du motif donné par le jurisconsulte pour expliquer que le droit de faire opérer la vente des biens appartient seulement aux créanciers purs et simples montre bien que dans son esprit il en est de même du simple envoi en possession.

Ce même texte d'Ulpien est encore précieux parce que nous y voyons qu'il faut appliquer au créancier à terme tout ce que nous avons dit du créancier sous condition. Tout deux y sont formellement mis sur la même ligne, tandis que Paul, lui, ne s'occupe que du créancier sous condition.

II

Nous en avons fini avec la question de savoir comment s'obtenait la saisie.

Entrons maintenant dans l'examen de ce qui concerne les délais ; en d'autres termes, demandons-nous combien de temps devait s'écouler entre le moment de l'envoi en possession et celui de la vente des biens. Sur ce second point comme sur le précédent nous avons à constater combien ce que nous rapporte Théophile est insuffisant et vague. Il se borne à nous dire que la saisie devait durer un certain nombre de jours déterminé. Gaïus, au contraire, est beaucoup plus explicite ; il nous apprend que le délai est tantôt plus long, tantôt plus court : plus long quand il s'agit des vivants, plus court quand il s'agit des morts : au premier cas, il était de trente jours, de quinze seulement dans le second. Du reste, en ce qui concerne les vivants, on savait déjà par Cicéron qu'une saisie, pour être légale et valable, devait avoir duré au moins trente jours ; je dis « au moins, » car il évident que ce ne pouvait être là qu'un minimum que les créanciers avaient la faculté d'allonger à leur gré.

Le point de départ du délai était le moment où avait été demandé l'envoi en possession, et non pas celui où le créancier s'était mis véritablement en possession : s'il en eût été autrement, il aurait dépendu d'un tiers ou du débiteur lui-même de reculer indéfiniment l'époque de la vente des biens, en s'opposant matériellement à ce que le créancier pût opérer effectivement la saisie. Du reste, le cas était prévu dans l'édit du préteur qui donnait une action en dommages-intérêts contre celui qui se serait rendu coupable d'une pareille violation du droit et, de plus, le jurisconsulte Ulpien nous apprend, dans la 3e loi du titre IV, au livre XLIII, que le créancier pouvait, en pareille circonstance, recourir à la force publique pour se faire mettre en possession.

En ce qui concerne la vente des biens après décès, remarquons que le délai ne courait pas à partir du moment de la mort, car l'envoi en possession ne pouvait être demandé qu'après qu'il était établi que le défunt n'aurait pas d'héritier ou, du moins, qu'un temps raisonnable se serait écoulé depuis la mort du débiteur ; en réalité le délai, quoiqu'il fût en lui-même plus court que lorsqu'il s'agissait d'un débiteur vivant, se trouvait donc être beaucoup plus long que dans tous les autres cas, parce que le point de départ en était reculé à une époque bien postérieure au décès.

Gaïus prend la peine de nous dire que, pour le calcul des délais, tous les jours, sans distinction, fériés ou non fériés, devaient entrer en ligne de compte.

III

Maintenant que nous savons combien de temps durait la saisie et comment elle s'obtenait, demandons-nous quels en étaient la nature et les effets.

Ici les sources auxquelles nous irons puiser sont plus abondantes et plus nombreuses, ce qui tient à ce que la saisie en elle-même s'est maintenue jusqu'aux derniers temps : seulement elle ne se rattache plus à la vente en masse, qui a disparu et dont elle n'est plus, par conséquent, le préliminaire comme elle l'était sous la République et dans les commencements de l'Empire.

L'envoi en possession des créanciers avait, comme son nom l'indiquait en latin, un effet purement conservatoire ; c'était une simple saisie qui ne donnait aucun droit de propriété à ceux qui la pratiquaient. Aussi les jurisconsultes (notamment Ulpien dans la loi 1re du titre IV, livre XLII) le mettent-ils sur le même rang que l'envoi en possession des légataires, dont nous avons déjà parlé, et qu'une troisième espèce d'envoi en possession qui était accordé à la femme qui perdait son mari pendant qu'elle était enceinte, afin de sauvegarder les intérêts de l'enfant à naître. Au contraire, il y avait une quatrième espèce de saisie ou d'envoi en possession qui entraînait avec elle, au profit de celui qui l'avait obtenue, un commencement de propriété : je veux parler du cas où le propriétaire d'un fonds, exposé au danger de voir s'écrouler chez lui la maison du voisin qui menace ruine, et ne pouvant obtenir de celui-ci une garantie d'indemnité pour le cas où le péril viendrait à se réaliser, s'adresse au préteur et se fait mettre par lui en possession de l'édifice qui menace ruine : si, malgré cet envoi en possession, le voisin refuse encore de donner les sûretés qu'on lui demande, le magistrat rend un second décret d'envoi en possession qui, au bout d'un certain temps, aura pour résultat d'opérer une translation de propriété.

Du reste, ce n'est pas la seule différence essentielle qui sépare ce dernier cas d'envoi en possession de tous les autres. Voici un second point de divergence non moins important : l'envoi en possession pour cause de ruine menaçante ne porte que sur un objet spécial, l'objet qui menace ruine (édifice, s'il s'agit d'un terrain bâti, fonds de terre, s'il s'agit non pas d'une maison qui va s'écrouler mais d'un arbre dont on craint la chute) ; c'est bien autre chose dans le cas d'envoi en possession des créanciers : ici, en effet, comme dans les deux autres espèces de saisie, la mesure est générale et porte sur tout l'ensemble d'un patrimoine.

Cette généralité de la saisie, dans le cas d'envoi en possession des créanciers, il ne faut pas croire qu'elle fût seulement facultative pour eux, elle était obligatoire et, par conséquent, la saisie était nulle, c'est-à-dire qu'on ne pouvait pas procéder à la vente du patrimoine, si elle n'avait pas embrassé absolument la totalité de ce patrimoine. C'est là un des arguments que fait valoir Cicéron en faveur de son client Quintus, pour démontrer que l'adversaire n'est pas en droit de procéder à la vente des biens; nous ne saurions faire mieux que de reproduire le passage du grand orateur, en l'empruntant à la traduction de M. Burnouf : « Enfin, dit Cicéron, j'ai établi que la « saisie n'a pas été consommée, puisqu'elle doit embras- « ser non une partie seulement, mais la totalité des biens « qui peuvent être occupés et possédés. J'ai dit que Pu- « blius (Quintus) avait à Rome une maison à laquelle Né- « vius n'a pas même songé; beaucoup d'esclaves dont il « n'a pas saisi, dont il n'a pas touché un seul ; qu'ayant « essayé de mettre la main sur l'un d'eux (corrigeons « M. Burnouf et disons : sur *un* d'eux) il trouva de l'op-

« position et resta tranquille. On sait que dans la Gaule « il n'est pas entré en possession des propriétés parti- « culières de Publius, et que, pour parler seulement du « domaine dont il s'est emparé par l'expulsion violente « de son associé, il n'en a pas chassé tous les esclaves « qui appartenaient en propre à celui-ci. » Peut-être se demandera-t-on pourquoi la saisie devait embrasser tous les objets du patrimoine susceptibles d'être saisis : c'est que la saisie a pour but principal, sinon unique, de prévenir le débiteur (ou son héritier) du danger qui le menace ; or, pour qu'il soit certain qu'il a été averti, il est nécessaire qu'il ait été dépouillé de tous les objets qu'il pouvait avoir en sa possession; autrement le créancier pourrait, en lui laissant la jouissance des biens qu'il a directement sous la main et en ne saisissant que ceux qu'il n'a pas en son pouvoir immédiat et que, par cette raison, il ne surveille peut-être pas d'aussi près, le prendre par surprise et faire procéder, sans qu'il en ait été prévenu, à la vente de son patrimoine. D'ailleurs la vente devant, elle aussi, porter sur la totalité des biens, il est juste qu'aucun objet n'échappe au préliminaire de l'envoi en possession.

De cette nécessité d'une corrélation parfaite à établir entre la saisie et la vente, il résultait que, si le débiteur avait des biens situés dans divers territoires soumis à la juridiction de différents magistrats, il ne suffisait pas d'un seul décret d'envoi en possession, il en fallait autant qu'il y avait de magistrats divers chargés de s'occuper, chacun dans son territoire, des biens dont il s'agissait; en effet, comme nous le dit Paul (§ 1er de la loi 12, titre V, même livre XLII), « celui qui obtient un décret d'envoi en « possession ne l'obtient que pour la circonscription dans « laquelle est compétent le magistrat qui l'a rendu. »

Toutefois, cette nécessité de corrélation entre la vente et la saisie doit être entendue raisonnablement, et il ne faudrait pas en conclure que la vente ne pouvait jamais porter que sur des biens effectivement saisis. La rigueur du principe devait céder devant une impossibilité matérielle d'exécution : en présence d'une pareille impossibilité, Gaïus nous dit (loi 13) : « Que le décret d'envoi en « possession équivalait pour le créancier à une posses- « sion effective. » Or, on considérait qu'il y avait impossibilité, soit que la possession fût matériellement impossible, par exemple lorsqu'il s'agissait de valeurs incorporelles, ou bien d'un fonds de terre momentanément couvert par l'inondation ou tombé sous le pouvoir d'une troupe de brigands, soit que la possession dût seulement soulever une discussion (même loi 13). Dans tous ces cas l'envoi en possession équivalait à une prise matérielle de possession, de même que chez nous le procès-verbal de carence remplace le procès-verbal de saisie, et produit absolument les mêmes effets lorsqu'il se trouve qu'il n'y a rien à saisir chez le débiteur.

En outre, nous avons déjà dit que si c'était un tiers ou le débiteur lui-même qui mît obstacle à l'entrée en possession des créanciers, ceux-ci n'en pourraient pas moins invoquer le décret d'envoi en possession comme équivalant à une saisie effective. Ceci me paraît évident : en effet, puisque Gaïus nous montre qu'il suffisait que la prise de possession dût prêter à discussion pour que les créanciers fussent dispensés de la réaliser effectivement, à plus forte raison devait-il en être ainsi dans le cas où une volonté étrangère rendait absolument impossible la prise de possession. Et d'ailleurs, quelle raison y aurait-il de distinguer entre l'impossibilité matérielle résultant d'une force purement accidentelle, comme une inondation, comme une invasion de brigands, et celle résultant d'une force volontaire qui se propose précisément de mettre obstacle à la poursuite des créanciers ? Dans un cas tout aussi bien que dans l'autre ne peut-on pas dire qu'il y a véritablement force majeure? La raison de distinguer, je ne la vois pas !

Mais cependant, pourra-t-on dire, s'il était vrai que la saisie fût considérée comme effectuée là où un fait volontaire du débiteur ou d'un tiers la rendait impossible à pratiquer, qu'importerait au créancier qu'un obstacle fût ou non mis à la réalisation de cette saisie? Il n'en souffrirait aucun préjudice, puisque la vente ne pourrait pas moins en suivre son cours régulier dans les délais ordinaires; et alors, — pas d'intérêt, pas d'action, — le préteur ne lui donnerait pas une action en dommages-intérêts contre la personne coupable d'avoir mis obstacle à la prise de possession! Or, nous savons que c'est précisément le contraire qui a lieu ; il y a dans l'édit du préteur une action spéciale donnée dans ce cas au créancier contre « quiconque l'aurait empêché d'entrer en posses- « sion des biens de son débiteur. » (Paul, loi 14 du titre IV, même livre XLII.)

Ma réponse est bien simple : L'objet principal de la saisie, c'était de prévenir le débiteur (ou son héritier) de l'événement qui menaçait son patrimoine; mais ce n'en était pas, nous l'avons dit, l'objet unique. La saisie était en même temps une mesure de conservation pour les créanciers, et voilà pourquoi, indépendamment de la faculté de poursuivre la vente, ils avaient intérêt à ce qu'aucun obstacle ne fût apporté par personne à l'exercice de leur droit de saisie; s'il y avait obstacle résultant d'une force impersonnelle, ils ne pouvaient que le subir comme tout autre cas fortuit; si, au contraire, l'obstacle provenait d'une force volontaire et raisonnée, à côté du mal naissait pour eux le remède, et ils trouvaient dans l'édit du préteur la faculté de poursuivre le coupable et de se faire indemniser par lui du préjudice causé! Ce préjudice quel est-il, et sur quoi le mesurer? Sur l'intérêt qu'ils ont, nous dit Paul, à posséder une sûreté (loi 14, titre IV).

Cette idée de sûreté formait, en effet, le second caractère de l'envoi en possession. Arrêtons-nous-y donc quelque temps.

La première conséquence qui découle de cette idée que la saisie des créanciers avait pour eux le caractère d'une mesure conservatoire, c'est le droit de gage qui en résultait à leur profit sur les biens saisis. Du reste, il n'y a rien là de particulier à la saisie des créanciers; Ulpien nous le dit dans la loi 26 du titre VII du XIIIe livre, c'est un principe général que toutes les fois qu'un envoi en possession est prononcé par le magistrat, pour quelque cause que ce soit, il en résulte un droit de gage sur les biens saisis.

Ce droit de gage, ajoute le jurisconsulte, engendré par le décret du magistrat, ne prend néanmoins naissance qu'autant qu'on est effectivement entré en possession. Ainsi, tandis que pour acquérir le droit de poursuivre la vente des biens la prise effective de possession n'est pas, dans tous les cas, nécessaire, elle est absolument indispensable à la création du droit de gage : c'est ce qui confirme ce que nous expliquions tout à l'heure, à savoir que les créanciers pouvaient avoir un intérêt, et des plus sérieux, à ce que le décret d'envoi en possession pût être suivi d'une prise effective de possession.

Quels avantages les créanciers trouvaient-ils dans ce droit de gage? Nous avons à peine besoin de le dire : les avantages ordinaires découlant du gage, c'est-à-dire un droit de suite et un droit de préférence.

Quant au droit de suite, pas de difficulté! Si les créanciers entrés en possession venaient à perdre l'avantage de la possession, ils pouvaient le recouvrer grâce à l'action hypothécaire qu'ils se trouvaient en droit d'exercer contre tout tiers détenteur. Et, bien entendu, ce droit de recouvrer la possession des objets qu'ils avaient une fois eus en leur pouvoir ne pouvait appartenir qu'à ceux des créanciers qui avaient eu la possession, et non pas aux autres.

Quant au droit de préférence, il en est autrement ; puisque nous savons que l'envoi en possession demandé par un seul des créanciers profite à tous en ce sens que tous pourront poursuivre la vente en masse, et se faire payer au marc le franc sur le produit de la vente, on ne voit pas trop en quoi les créanciers qui se sont mis effectivement en possession jouiront d'une situation privilégiée ; car, l'envoi en possession une fois prononcé, ceux qui auront réalisé la saisie comme ceux qui ne l'auront pas réalisée se partageront entre eux le gage commun. Qu'y a-t-il de plus opposé à un droit de préférence que le principe d'égalité ?

Je sais bien que l'on pourrait chercher à se tirer d'embarras en disant que si la prise effective de possession ne créait pas de droit de préférence entre les créanciers qui existaient à l'époque du décret d'envoi en possession, elle en établissait un, au contraire, au profit de la masse de ces créanciers et au détriment des créanciers qui pourraient survenir postérieurement, dans l'intervalle entre l'envoi en possession et la vente ; cet intervalle est bien court, sans doute, la plupart du temps ; mais, outre qu'il peut être quelquefois fort long, comme dans le cas du mineur et de l'absent pour cause de service public, on sait qu'il n'est pas rare de voir les débiteurs contracter, au moment même de la déconfiture et dans l'espace de quelques jours, les dettes les plus nombreuses et les plus grosses ; il est vrai que le droit de préférence, ainsi entendu, ne pourra pas trouver son application quand il s'agira de l'envoi en possession des biens d'un défunt, puisque dans ce cas spécial il ne saurait y avoir que des créanciers antérieurs à l'envoi en possession, mais cette xception, commandée par la nature même des choses, ne contredit en rien la règle; elle la confirme bien plutôt!

A cela deux objections.

D'abord, ce droit de préférence qui serait donné à la masse des créanciers antérieurs au décret d'envoi en possession, à l'encontre des créanciers postérieurs, n'est établi d'une manière certaine par aucun texte législatif. Il est donc au moins contestable; surtout si l'on ajoute cette considération que, la procédure de la vente des biens ayant été créée par le législateur dans l'intention évidente d'établir la plus parfaite égalité entre les créanciers, il pourrait sembler étrange qu'on y trouvât un privilége qui n'est pas des plus indispensables.

Puis, à supposer admise l'existence de ce droit de préférence, reste une autre difficulté. Ce droit de préférence n'appartiendrait pas seulement à ceux des créanciers antérieurs à l'envoi en possession qui se sont mis en possession effective, mais à tous les créanciers antérieurs, c'est-à-dire même à ceux qui ne se seraient pas mis en possession; or, comment concilier cela avec la loi 26 (déjà citée), dans laquelle Ulpien est formel pour nous dire que le droit de gage n'existe qu'au profit de ceux qui se sont effectivement mis en possession, sur la permission du magistrat?

Tout ce qu'on peut répondre, c'est qu'il semble bien résulter des textes que la procédure de la vente des biens laisse en dehors d'elle les créanciers postérieurs à la demande d'envoi en possession; c'est ainsi qu'Ulpien, examinant la question de savoir si l'envoi en possession obtenu sur la demande d'un homme qui n'est pas créancier profitera aux véritables créanciers, répond négativement et cela d'une façon absolue, sans distinguer si cet homme, qui n'est pas créancier au moment où il demande l'envoi en possession, l'est devenu plus tard, ou s'il est demeuré ce qu'il était. N'est-on pas en droit d'en induire que c'est au moment de l'envoi en possession qu'il faut que les rapports de créancier à débiteur existent?

Que si le droit de préférence appartenant aux créanciers qui ont pratiqué la saisie se trouve étendu même à ceux qui ne l'ont pas faite, ce n'est pas à dire qu'un droit de gage existe au profit de ces derniers : il n'entre pas dans les idées du législateur de créer ici un droit de préférence à leur profit : mais il ne veut pas non plus qu'il en existe un à leur encontre. Ce qu'il recherche avant tout c'est l'égalité : voilà pourquoi il est établi que la formalité remplie par un des créanciers profite à tous ; ce qui n'empêche pas que, rigoureusement parlant, le droit de gage ne prend naissance que dans la personne de ceux qui sont entrés réellement en possession.

— Le droit de gage n'est pas l'unique conséquence découlant du caractère conservatoire de la saisie des biens. Où l'on retrouve encore cette idée que la saisie est une mesure de sûreté pour les créanciers, c'est dans l'examen des principes qui régissaient l'administration des biens saisis.

Dans l'envoi en possession, nous dit le jurisconsulte Pomponius (loi 12, titre IV, livre XLII), ce n'est pas tant la possession des biens qu'on nous donne, que la garde et la surveillance qu'on nous en confie. Voici maintenant quelques détails qui confirment et développent la règle posée par Pomponius. Je les emprunte à Ulpien :

« S'il y a dans le patrimoine du débiteur quelque im-
« meuble de rapport, le créancier envoyé en possession
« doit, » nous dit le jurisconsulte, « vendre les produits
« ou louer le fonds, à moins que cela n'ait déjà été fait.
« Car, si le débiteur avait antérieurement opéré la vente
« des produits ou le louage du fonds, l'opération serait
« maintenue par le préteur, même à la supposer désavan-
« tageuse, pourvu toutefois qu'il n'y eût pas eu fraude

« de la part du débiteur : dans ce cas, en effet, le préteur « donne aux créanciers le droit de refaire l'opération.

« Nous dirons de même du produit de toutes autres « choses : que tout ce qui sera susceptible de location « soit loué : par exemple, les esclaves et les bêtes de « somme, et tout ce qui peut faire l'objet d'un louage.

« Quant à la durée de la location, le préteur n'en a « rien dit, d'où il faut conclure qu'il a entendu donner « sur ce point carte blanche aux créanciers ; de même que « c'est à eux de décider l'opération, de même aussi c'est « à eux d'en fixer la durée. Bien entendu que, s'ils agis- « saient avec mauvaise foi, ils en seraient responsables. « Au contraire, ils ne sont pas responsables d'une mau- « vaise opération faite de bonne foi.

« S'il n'y a qu'un seul créancier qui ait pratiqué la sai- « sie, pas de difficulté. Mais s'ils sont plusieurs, qui devra « contracter la location ou la vente des produits? S'ils « s'entendent entre eux, pas non plus de difficulté : ils « peuvent en effet ou tomber tous d'accord sur l'opéra- « tion, ou tomber d'accord pour en charger un seul « d'entre eux. Mais s'il n'y a pas accord, ce sera au pré- « teur de décider, après examen, quel sera celui d'entre « eux qui devra consentir les locations et les ventes de « produits. (Loi 8, titre V, même livre XLII.)

« Il est écrit dans l'édit du préteur : *Si un envoyé en « possession, ayant perçu des fruits en cette qualité, « manque à les restituer à qui il appartient ; ou si on ne « le rembourse pas des impenses faites par lui de bonne « foi sur les objets ainsi possédés ; ou encore s'il est ac- « cusé d'avoir par quelque acte frauduleux dégradé ces « objets, dans tous ces cas j'accorderai le droit d'agir en « justice.* Ce qui est dit des fruits, il faut l'entendre de « toute chose pouvant provenir du patrimoine du débi- « teur. Ainsi nous pouvons supposer que l'envoyé en « possession ait touché une somme qui avait été stipulée

« comme clause pénale pour le cas, par exemple, où un « certain compromis serait violé, ou pour toute autre « hypothèse, que décidons-nous alors? Il est évident que « le créancier devra rendre compte du montant de la « clause pénale.

« Par ces mots : *Ou si on ne le rembourse des impenses « faites par lui de bonne foi sur les objets ainsi possédés*, « le préteur veut dire que si le créancier a pris sur lui de « faire quelque dépense, il lui en sera tenu compte, « pourvu que la dépense ait été faite de bonne foi : ainsi « donc il suffit qu'il y ait eu bonne foi de sa part, il n'est « pas nécessaire que la dépense ait été profitable au débi-« teur.

« Ces paroles : *A qui il appartient* s'appliqueront « même au curateur chargé de la vente, ou bien au dé-« biteur lui-même, s'il arrive que l'on n'aille pas jusqu'à « la vente de ses biens. De son côté aussi, le créancier « pourra agir contre eux en justice, s'il a eu quelque « chose à débourser, soit pour la récolte, soit pour la « nourriture et l'entretien des esclaves, soit pour faire « étayer ou réparer quelque édifice. » Le jurisconsulte ajoute encore deux autres exemples, qu'une simple traduction pourrait difficilement faire comprendre avec toute la clarté nécessaire : il nous parle de ce qui a été payé par le créancier à un voisin, en exécution de la promesse qu'il aurait faite à celui-ci de lui donner une certaine somme d'argent comme indemnité pour le cas où quelque édifice ou quelque arbre menaçant ruine et dépendant du patrimoine saisi viendrait à s'écrouler sur la propriété voisine ; il nous parle en outre de ce qui a été payé pour désintéresser une personne qui aurait souffert quelque préjudice par la faute d'un esclave appartenant au débiteur saisi. Dans les deux cas, le créancier envoyé en possession pourra se faire tenir compte de ce qu'il a ainsi déboursé ; seulement, en ce qui concerne le dernier cas, comme la loi romaine donnait l'option entre payer ce dont on se trouvait tenu par le fait délictueux de l'esclave, et faire l'abandon de cet esclave au plaignant, « ce n'est qu'au- « tant, » nous dit le jurisconsulte, « qu'il n'aurait pas été « plus avantageux d'abandonner l'esclave que de le con- « server à ce prix. Si donc il eût été plus avantageux de « faire l'abandon, le créancier n'aura pas droit à récla- « mer son argent. »

« Enfin c'est un principe général qu'il peut réclamer « *tout ce qu'il a de bonne foi dépensé sur les biens saisis :* « et cela était utile à dire, car l'action de gestion d'af- « faires ne lui appartient pas, pas plus qu'elle n'appar- « tiendrait à un associé qui aurait fait étayer l'édifice « commun de la société : lui-même, en effet, on ne peut « pas dire qu'il ait géré les affaires d'autrui, c'est sa « propre affaire qu'il a fait tout en faisant celle de son « débiteur.

« Voici encore une question qu'on s'est posée : S'il y « a eu, sans intention frauduleuse de la part du créan- « cier, dégradation d'un immeuble, perte de quelque « droit, ruine ou incendie de quelque construction ; ou « bien encore s'il n'a pas été pris soin des esclaves ni « des troupeaux du débiteur saisi, ou qu'ils aient été « transmis à une tierce personne, mais avec bonne foi de « part et d'autre, le créancier en répond-il ? — Evidem- « ment non, par cela seul qu'il n'a pas d'intention frau- « duleuse. Il est donc traité avec plus d'indulgence que « le créancier gagiste ordinaire, puisque celui-ci est « responsable, pour l'objet qu'il a reçu en gage, non-seu- « lement de ses actes frauduleux, mais de toute faute « de sa part. Il en est de même du curateur aux biens « saisis ; lui aussi est responsable, mais seulement « comme le sont les créanciers.

« Le préteur accorde aussi le droit d'agir en justice « contre celui qui aurait omis de vendre les produits du

« fonds ou de le louer; et le montant de la condamnation « sera mesuré à tout ce que cette omission aura empêché « l'immeuble de rapporter. Aussi bien, si l'immeuble a « rapporté autant qu'il aurait rapporté par location ou « par vente des fruits, on ne pourra rien réclamer. Tou-« tefois le créancier ne doit compte que pour le temps « qu'il a été, soit par lui-même, soit par un autre en son « nom, saisi effectivement de la possession, et aussi « longtemps qu'il a conservé cette possession; on ne peut « pas lui demander raison de ne pas s'être mis en pos-« session effective, ni même d'avoir abandonné la pos-« session une fois commencée; c'est une affaire pour lui « facultative, et avant tout sa propre affaire. Quant à l'é-« valuation, elle se règle d'après l'intérêt du deman-« deur. » (Loi 9, même titre, même livre.)

Ulpien nous donne encore d'autres détails sur cette action donnée par le préteur à l'envoyé en possession ou contre lui, suivant les cas. Nous ne nous occuperons que de ce qui a trait directement à notre sujet. Ecoutons maintenant le jurisconsulte Paul :

« L'action est donnée par le préteur contre le créancier « pour tout ce qui est arrivé jusqu'à lui du patrimoine « du débiteur; s'il est quelque objet dont il n'ait pas en-« core obtenu la possession, il devra donner les actions « qu'il a pour l'obtenir. C'est une action par analogie que « le préteur donne contre lui, et par laquelle on pourra lui « réclamer tout ce qu'il aurait à restituer s'il y avait lieu « d'agir par l'action de gestion d'affaires. »

Ce texte qui forme la loi 14 (même titre, même livre) et les textes, précédemment cités, d'Ulpien, en nous montrant que le magistrat a dû dans son édit promettre une action spéciale à l'hypothèse de l'envoi en possession, sont la confirmation la plus saisissante de cette idée que nous formulions tout à l'heure, à savoir que l'envoi en possession a un caractère éminemment conservatoire tant pour le créancier que pour le débiteur lui-même, en un mot que par cette saisie, en même temps qu'une sûreté est conférée au saisissant, une garde, une surveillance lui est confiée; il faut que les intérêts des deux parties soient sauvegardés, aussi ne peut-on pas dire que le créancier qui se fait envoyer en possession fasse sa propre affaire plutôt que celle de son débiteur, et réciproquement celle de son débiteur plutôt que la sienne propre; la saisie a un caractère mixte, et voilà pourquoi, en droit rigoureux, il n'y a pas lieu d'y appliquer l'action de gestion d'affaires, puisque celle-ci suppose que nous avons géré une affaire qui ne nous concerne pas personnellement. Mais d'un autre côté, comme ce n'est pas non plus uniquement sa propre affaire que l'envoyé en possession a gérée, le préteur, suppléant par son édit à l'insuffisance du vieux droit, applique ici, par extension d'un cas à un autre, l'action de gestion d'affaires.

— Voici donc un premier point bien établi, ce n'est pas un véritable droit de possession qui appartient au créancier, c'est une garde dont il est chargé, une surveillance qu'il doit exercer; il rendra raison de tout ce qu'il aura touché et, de son côté, se fera tenir compte de tout ce qu'il aura déboursé; il est en tous points assimilé à celui qui gère l'affaire d'autrui. A ce sujet, Ulpien prend la peine de nous dire que, d'après le jurisconsulte Fulcinius, le créancier n'a pas le droit de se nourrir sur le produit des biens du débiteur saisi (loi 7, titre IV, même livre XLII); cela pourra paraître tellement évident qu'on s'étonnera peut-être qu'il fût utile d'en parler; c'était utile cependant et voici pourquoi : c'est que, dans les deux autres espèces d'envoi en possession dont nous avons déjà parlé, celui des légataires et celui de la veuve laissée enceinte par son mari, il en était autrement : « L'envoyée en possession pour sûreté d'un legs, nous dit « Labéon, pourra retenir de quoi pourvoir à sa nourri-

« ture, si elle est fille, petite-fille, arrière-petite-fille ou « femme du défunt, qu'elle ne soit pas mariée et n'ait « absolument rien. » (Loi 14, titre IV, livre XXXVI.) Ulpien de son côté, dans la loi 5, titre X, livre XXXVII, nous apprend que... « La jurisprudence constante des « édits accorde à la femme enceinte des aliments sur « les biens dont elle a obtenu l'envoi en possession, en « considération d'un enfant qui, pourtant, pourrait bien « ne pas naître. » On comprendra donc qu'il aurait pu y avoir du doute sur la question en ce qui concerne la troisième espèce d'envoi en possession, celle des créanciers, bien qu'il n'y ait pas ici les mêmes raisons de décider. Ces raisons, qui ne les aperçoit? ce sont des raisons de sentiment, c'est le lien de parenté, c'est une affection présumée qui lient le défunt à la personne qui s'est fait envoyer en possession de ses biens, c'est en outre une absence totale de ressources et de protection, c'est la faiblesse d'une femme laissée seule et sans appui : aussi la faveur de la loi se borne-t-elle au cas où il s'agit de la veuve du défunt, de sa fille, petite-fille ou arrière-petite-fille pauvre et sans mari. Ici, nous ne sommes pas en présence d'un cas pareil; il s'agit de relations de créancier à débiteur : chaque chose doit être rigoureusement et exactement portée en compte, tout est de droit strict!

— Un second point qui nous semble ressortir avec non moins d'évidence des textes en la matière, c'est que l'envoi en possession donnait lieu, dans la plupart des cas, sinon toujours, à la nomination d'un curateur. Je sais bien que ni Gaïus ni Théophile n'en parlent, et qu'il serait facile de supposer que les commissaires chargés par Justinien de corriger en les rassemblant les écrits des jurisconsultes romains, eussent fait subir à ces textes quelques modifications. Mais le passage de Gaïus est incomplet ; quant à Théophile, nous savons déjà à quoi nous en tenir sur l'exactitude des renseignements qu'il nous donne. Enfin, l'idée que les textes originaux auraient été retouchés et qu'on aurait donné ce nom de curateurs à ceux que Gaïus appelle d'un autre nom et nous représente comme étant chargés de procéder à la vente des biens, cette idée me semble inadmissible, parce qu'il nous est parlé de ces curateurs dans des hypothèses où il n'y a pas de vente des biens à faire. C'est ainsi qu'à la fin de la loi 6, titre IV, livre XLII, Paul nous dit que, lorsqu'il s'agit des biens d'un citoyen fait prisonnier par l'ennemi, il n'y a pas lieu d'autoriser tout de suite la vente, mais il y a lieu de nommer dans l'intervalle un curateur. Le curateur et le personnage chargé de la vente des biens sont donc bien deux individus distincts.

Quoi qu'il en soit, et même à supposer qu'il n'y ait là qu'une seule et même personne sous deux noms différents, des détails assez précis nous sont donnés sur le mode de nomination et sur les fonctions du curateur :

« Lorsque, dit Ulpien, il y a plusieurs créanciers en « possession de biens, il faut, pour éviter la confusion « dans les comptes, qu'ils en chargent un d'entre eux « nommé à la majorité des voix ; » le jurisconsulte nous dit ensuite comment il doit se faire un relevé des créances et une balance de l'actif et du passif. Cette balance, ajoute Labéon, ne peut être vérifiée qu'une seule fois sur la demande d'un créancier, et deux fois par exception, mais jamais plus. (Loi 15, titre V, livre XLII.)

Nous en avons fini avec les opérations préliminaires qui précédaient la vente des biens, et nous arrivons maintenant à la vente elle-même.

CHAPITRE TROISIÈME

Les créanciers, nous dit Gaïus, se rassemblaient pour élire celui d'entre eux qui procéderait à la vente ; celui-ci, sorte de syndic que l'on a confondu à tort avec le curateur dont nous parlions tout à l'heure, se mettait en rapport avec les acheteurs et traitait avec eux.

La vente s'annonçait par des affiches apposées dans les endroits les plus fréquentés de la ville ; elle se faisait aux enchères publiques, et le patrimoine du débiteur était attribué en bloc au plus fort enchérisseur. Du reste, pour que la vente pût être accomplie, il fallait un délai de 30 jours ou de 20 jours, suivant qu'il s'agissait d'un vivant ou d'un mort, en outre des délais légaux de la saisie. Le prix de la vente était déterminé dans le tableau des clauses et conditions, sorte de cahier d'enchères où l'on fixait au futur acheteur le tant pour cent qu'il aurait à payer aux créanciers.

Par le seul fait de la vente des biens, l'acheteur se trouvait saisi de tous les biens du débiteur et investi de tous les droits et actions qui lui avaient appartenu. Toutefois, comme toute cette procédure était une invention du préteur et non une institution de la loi elle-même, ce n'est qu'en invoquant le droit prétorien que l'acheteur pouvait faire reconnaître sa qualité. Nous savons qu'il en était autrement en matière de ventes de biens faites au profit du fisc : là, en effet, c'était la vieille loi romaine elle-même qui opérait sur la tête de l'adjudicataire la transmission de tous droits et actions ayant appartenu au débiteur de la nation.

La vente une fois opérée, le débiteur était à jamais dépouillé de l'ensemble de son patrimoine. Si donc il arrivait qu'en définitive il ne fût pas insolvable, il ne pouvait prétendre aucun droit à l'excédant de l'actif sur le passif; cela ressort à l'évidence de ce qui nous est dit sur certains cas particuliers dont nous avons parlé plus haut : Ulpien nous dit que, pour les personnes en tutelle ou en curatelle, lorsqu'après la vente des biens il se trouve plus que le nécessaire pour payer intégralement les dettes, le surplus leur appartient; c'est donc que dans les cas ordinaires le surplus va autre part. L'exception confirme la règle.

Un autre effet de la vente non moins rigoureux pour le débiteur et qui joue un grand rôle dans le droit romain, c'est la perte de l'honneur, c'est l'infamie qui en était la conséquence légale. Cette infamie entraînait notamment la privation des fonctions municipales.

On voit, dans plusieurs éloquents passages du plaidoyer de Cicéron pour Quintus, quelle ignominie s'attachait, dans l'opinion des Romains, à cette expropriation forcée qui frappait un homme en même temps dans ses biens et dans son honneur, qui lui enlevait sa réputation avec sa fortune! Voici comment il s'exprime au chapitre XV : « Il « y avait eu défaut de comparaître au jour fixé par un « ajournement, dit l'adversaire, et cela de la part d'un « homme pour lequel mille raisons venaient intercéder, « sa qualité d'allié, celle d'associé, les liens d'une amitié « ancienne. Fallait-il donc tout de suite s'adresser au pré- « teur? Était-il bien de solliciter sur-le-champ un décret « de mise en possession de ses biens? Voulais-tu, dans « ton ardeur à recourir à ces extrémités, à ces rigueurs, « épuiser du premier coup tout ce que la loi a de plus « violent et de plus dur? Car est-il rien de plus désho- « norant pour un homme, rien de plus poignant et de plus « affreux pour celui qui a du cœur? Est-il une honte plus « grande? Est-il un malheur plus accablant? Si le sort ou « l'injustice des hommes nous fait perdre notre argent, « tant que du moins la considération nous reste, notre

« conscience nous console facilement de la pauvreté. En « sens contraire, celui qui a subi une condamnation infa- « mante ou dont le nom est flétri, peut avoir conservé la « jouissance de ses biens, et se passer ainsi des secours « d'autrui, qui sont la plus grande des calamités; il a au « moins, dans son infortune, une ressource et une conso- « lation, tandis que celui dont les biens ont été vendus en « masse, celui qui a vu livrer à un ignoble vendeur pu- « blic non pas seulement le superflu de ses richesses, « mais tout ce qu'il y a de plus nécessaire pour sa nourri- « ture et son entretien, celui-là, il n'appartient plus au « royaume des vivants ; disons mieux, il est relégué, si c'est « possible, bien au-dessous des morts, dans les entrailles « de la terre. Car une mort honorable peut embellir même « la plus honteuse des existences ; ici c'est une honteuse « existence au lieu d'une mort honorable. A vrai dire, en « livrant, d'après l'édit, ses biens à la saisie des créanciers, « c'est aussi sa réputation qu'on leur livre et son honneur ; « on placarde aux lieux les plus fréquentés des affiches « pour qu'il ne puisse même pas périr dans le silence et « dans l'ombre ; on lui donne des syndics, on lui impose « des acheteurs qui décident à quelles conditions il doit « périr ; c'est à la voix du crieur public que le prix de la « vente est arrêté, de sorte qu'il assiste, de son vivant et « de ses propres yeux, à ses funérailles, si l'on peut ap- « peler de ce nom une cérémonie à laquelle, au lieu d'amis « qui viennent honorer votre dépouille mortelle, il n'y a « que des enchérisseurs, sorte de bourreaux, venus pour « se disputer les derniers lambeaux de notre existence !

« Aussi, continue Cicéron au chapitre suivant, nos an- « cêtres ne voulaient-ils recourir à cette mesure extrême « qu'en de rares occasions. C'est pour qu'on en fît un « usage réfléchi que les préteurs l'ont introduite en juris- « prudence. Les honnêtes gens n'en arrivent là que lors- « qu'on les trompe ouvertement et qu'il leur est impos-

« sible d'agir en justice, et encore n'est-ce que timidement « et avec précaution, contraints et à contre-cœur, après « plusieurs ajournements demeurés sans effet, après mille « fraudes et mille désappointements. C'est qu'ils saven « toute la gravité d'une pareille mise en vente. L'homme « de bien n'aime pas à égorger un concitoyen, même à « bon droit : il préfère se dire que, pouvant le perdre, il « l'a épargné, plutôt que d'avoir l'éternel souvenir de l'a- « voir perdu, lorsqu'il pouvait l'épargner! »

En ce qui concerne le débiteur qui, de son vivant, donne lieu à la vente de son patrimoine, on ne peut rien trouver à redire à ce qu'il fût noté d'infamie, ce n'est que justice, car, en définitive, nous croyons avoir montré qu'il y a toujours plus ou moins de sa faute; mais pour les morts, ne peut-on pas reprocher à la loi romaine quelque sévérité? Est-il juste de punir quelqu'un de ce qu'aucun héritier ne se sera présenté pour recueillir sa succession, en livrant sa mémoire à l'ignominie? Je ne le pense pas. Il est vrai qu'il était, la plupart du temps, possible au débiteur d'empêcher que son nom fût, après sa mort, soumis à la souillure d'une vente des biens; il lui suffisait pour cela d'instituer héritier dans son testament un de ses esclaves, et celui-ci devait, d'après la loi romaine, prendre, bon gré mal gré, l'héritage; si donc il y avait lieu à la vente des biens, c'était sous le nom de l'esclave héritier que le patrimoine était vendu, l'infamie n'atteignait que l'esclave, et l'honneur du défunt restait intact. Mais il se pouvait que celui-ci n'eût pas d'esclave, et alors l'infamie était inévitable.

— Il nous reste maintenant à étudier, au moins dans ses traits principaux, un des effets les plus importants de la vente des biens, je veux dire la nullité dont étaient frappés en pareil cas différents actes de l'insolvable.

Voici ce que nous lisons à ce sujet dans les Institutes de l'empereur Justinien : « Si un débiteur dont les biens

« ont été saisis par ses créanciers sur l'autorisation du « magistrat, livre à un tiers quelque chose faisant partie « de son patrimoine, les créanciers peuvent faire consi- « dérer la livraison comme non avenue et reprendre la « chose en se fondant sur ce que, la livraison étant nulle, « l'objet livré est censé demeuré dans le patrimoine du « débiteur. » (Livre IV, titre VI, loi 6.) C'est encore ici le préteur qui intervient, comme on le voit; d'après la loi civile, les actes faits en fraude des créanciers ne sont pas pour cela moins valables, ou du moins il n'y eut jamais de véritable loi qui annulât pareils actes, si ce n'est en ce qui touche les affranchissements d'esclaves; mais le préteur supplée à cette insuffisance du droit civil, soit en l'imitant, soit en le devançant, car la question, au point de vue historique, ne paraît point nettement tranchée.

Quoi qu'il en soit de ce détail chronologique, la théorie des rescisions d'actes est l'œuvre du droit prétorien, et le nom même de l'action paulienne qui nous est indiqué dans le Digeste de Justinien, dans la loi 38, § 4 du titre I, livre XXII, ne doit être autre chose que le nom du préteur qui, le premier, l'introduisit dans son édit.

Comment et à quelles conditions opère cette action paulienne? « Une condition indispensable pour que la ré- « vocation ait lieu, nous dit Ulpien, c'est qu'à une intention « malicieuse de frauder les créanciers vienne se joindre « un dommage effectif à eux causé; en autres termes, il « faut que les créanciers que leur débiteur a voulu « frauder n'aient eu d'autre ressource que de faire procé- « der à la vente de ses biens. » (Loi 10, titre VIII, livre XLII.)

La révocation peut avoir pour résultat, ou une restitution de propriété quand l'acte frauduleux consistait en un transfert de propriété, ou une restitution d'action si l'on suppose que l'acte attaqué n'ait fait naître au profit du complice de la fraude qu'un simple droit d'action et non pas un droit de propriété comme dans les cas prévus par Ulpien dans la loi 14, *ibidem;* — ou enfin, le résultat pourrait être d'empêcher une action de naître, par exemple dans l'hypothèse présentée par la loi 25 du titre V, même livre XLII, où il s'agit d'un contrat fait par le débiteur avec un tiers de mauvaise foi.

Pour qu'un acte pût ainsi provoquer une demande en nullité de la part des créanciers, il fallait que cet acte constituât un véritable appauvrissement du débiteur; il ne suffisait pas que celui-ci eût seulement négligé d'acquérir. C'est ce qui est longuement développé par Ulpien avec des détails dans lesquels il nous paraît inutile de le suivre. Qu'il nous suffise de dire que cet acte pouvait être une donation, une promesse, un droit de gage donné à un créancier à l'encontre des autres, un paiement anticipé fait avant l'échéance, etc., et en principe, il n'y a pas à distinguer si ces actes ont été faits depuis la demande d'envoi en possession, ou antérieurement. Il y a pourtant un acte qui n'était révocable qu'autant qu'il avait été fait postérieurement à cette demande; c'est le paiement pur et simple, c'est-à-dire celui fait sans faveur à l'échéance. S'il était antérieur, il était parfaitement régulier et inattaquable.

Pour que la nullité de l'acte frauduleux pût être invoquée contre le tiers qui avait traité avec le débiteur, était-il nécessaire que ce tiers fût complice de la fraude? Cela dépendait de la nature de l'acte. Était-ce un acte à titre gratuit? la complicité n'était pas nécessaire. Elle l'était au contraire s'il s'agissait d'un acte à titre onéreux. Mais il n'est pas toujours facile de déterminer avec sûreté la nature d'un acte à cet égard. C'est ainsi que les jurisconsultes romains discutaient entre eux la question de savoir dans quelle classe il fallait ranger la constitution de dot; la plupart admettaient cependant qu'il n'y avait là, à l'égard de la femme dotée, rien autre chose qu'une simple libéralité.

L'action paulienne ne devait pas rester éternellement suspendue sur la tête des tiers qui avaient contracté avec le débiteur ; il y aurait eu là une menace perpétuelle qui aurait porté le trouble dans la société. Aussi le préteur ne permettait-il de l'exercer que pendant une année légale à partir du jour de la vente des biens.

L'action paulienne pouvait du reste atteindre non pas les tiers seulement, mais le débiteur lui-même. Toutefois, comme celui-ci était dépouillé de ses biens, les créanciers ne se trouvaient plus avoir contre lui d'autre moyen de contrainte que la contrainte par corps. L'action prend donc alors un caractère pénal.

— Nous avons étudié dans tout son ensemble la procédure de la vente en masse. Cette procédure ne disparut pas avec la République, à laquelle elle a dû naissance. Elle lui survécut au contraire quelques siècles, et nous savons qu'elle cessa d'être en usage à l'époque où le système de procédure subit à Rome une transformation totale, c'est-à-dire environ cent ans après Gaïus et vers le règne de Dioclétien. Il nous reste à examiner le travail opéré par le droit de l'Empire en cette matière, et nous n'aurons pas à nous y arrêter bien longuement.

CHAPITRE QUATRIÈME

La législation romaine telle que nous l'avons trouvée sous le droit de la République présentait, en ce qui touche la vente des biens, une lacune qu'il devint bientôt indispensable de combler, à mesure que le commerce de l'argent se développait à Rome, entraînant à sa suite, avec l'accroissement des fortunes particulières, une plus grande complication dans la gestion et dans les comptes.

Dans les différents cas que nous avons parcourus, ce sont toujours les créanciers qui poursuivent la saisie pour arriver à la vente. C'est, pour nous exprimer en langage moderne, une sorte de faillite provoquée par les intéressés ; quant à la faillite spontanée, celle du débiteur qui veut aller au-devant de ses créanciers; en un mot, quant à l'hypothèse de l'insolvable qui vient déposer son bilan, nous ne l'avons pas rencontrée jusqu'ici dans la législation romaine. Dans les époques primitives où le peuple était pauvre, où le crédit existait à peine, où les grands maniements de fonds étaient inconnus, il est évident que la loi n'avait que faire de cette hypothèse ; car, à ces époques, il devait être bien rare qu'un homme qui eût des biens fût insolvable : le misérable plébéien qui n'avait rien, pas même le strict nécessaire, seul empruntait ; le riche, lui, n'empruntait pas. Aussi la vente des biens, quand elle avait lieu, devait-elle avoir pour résultat, la plupart du temps, de désintéresser intégralement les créanciers ; c'était alors plutôt un moyen de dompter la mauvaise volonté du débiteur, qu'une procédure de faillite proprement dite, et dès lors, s'il n'y avait de sa part aucune mauvaise volonté, la vente des biens, voie rigoureuse d'exécution forcée, ne pouvait plus trouver sa place. Plus tard il en fut tout autrement : les grandes insolvabilités devinrent fréquentes, et il fut utile de prévoir le cas où un débiteur, se sentant au-dessous de ses affaires, penserait à liquider sa situation dans l'état présent, plutôt que de se laisser entraîner jusqu'au fond de l'abîme.

— Dès le commencement de l'Empire, une loi d'Auguste, la loi Julia, dont la date précise est ignorée, vint offrir au débiteur obéré le moyen de s'arrêter lui-même sur la pente fatale : ce moyen, c'est de faire volontairement à ses créanciers cession de biens, c'est-à-dire abandon de l'universalité de ses biens.

La cession volontaire mène à la vente des biens, comme la saisie elle-même, et remplace ainsi l'envoi en possession prononcé par le magistrat dans la voie de l'exécution forcée. De même aussi, pas plus que la saisie préliminaire de la vente, la cession de biens n'emporte par elle-même la perte pour le débiteur de son droit de propriété ; jusqu'à la vente, ses biens continuent à lui appartenir. (Loi 3, titre III, livre XLII.)

Aussi, jusqu'à l'accomplissement de la vente, est-il toujours temps pour lui de revenir sur sa décision, en se déclarant prêt à défendre en justice à l'action de ses créanciers.

La vente se faisait absolument comme dans le cas d'expropriation forcée et produisait le même effet, en ce sens que, tous les biens vendus, le débiteur ne restait pas moins obligé envers ses créanciers, tant qu'il ne les avait pas intégralement désintéressés. Toutefois la loi Julia apportait à ce principe un tempérament. Il ne pouvait être poursuivi sur les biens acquis postérieurement à la cession, qu'autant que ces biens auraient été de quelque importance, et que dans la limite de ce qu'il lui serait possible de payer raisonnablement, sans être réduit à la misère. Nous ne voyons pas qu'aucun tempérament de ce genre ait été admis quand il s'agissait d'une vente de biens opérée sur la poursuite des créanciers, puisqu'au contraire nous savons qu'en pareil cas le débiteur, dépouillé de toute son ancienne fortune, peut encore être condamné s'il y a eu fraude de sa part, quoiqu'il ne lui reste absolument rien.

Deux autres faveurs étaient encore accordées par la loi Julia au débiteur qui fait cession de biens : d'abord, il échappait par là à la contrainte par corps judiciaire ; puis on lui épargnait l'infamie qui était dans les autres cas inséparable de la vente en masse des biens.

La cession pouvait se faire en justice, soit devant le magistrat, avant la reconnaissance judiciaire de la dette, soit devant le juge avant la condamnation ; elle pouvait aussi être extrajudiciaire, c'est-à-dire avoir lieu en dehors de toute instance, par l'intermédiaire d'un tiers ou par lettre aussi bien que directement, du débiteur au créancier.

Il semble bien résulter d'une Constitution des empereurs Gratien, Valentinien et Théodose, insérée dans le Code Théodosien, que ces bénéfices résultant de la cession de biens n'appartenaient qu'au débiteur malheureux et de bonne foi, en un mot, à celui qui (pour se servir des expressions de ces empereurs) ne fait perdre à ses créanciers leur argent que parce que « lui-même s'est vu « ruiner par des abus de confiance, par des vols, ou par « suite d'incendie, de naufrage ou toute autre calamité « de force majeure. » Bien que Jacques Godefroy ait cru que cette Constitution ne s'applique qu'aux débiteurs du fisc, il nous paraît plus que probable, et parce que les termes en sont généraux, et parce qu'il est difficile d'apercevoir la raison de distinguer entre cette classe particulière de débiteurs et les autres, que la règle était la même pour tous les cas.

Au reste, nous avons peu de détails sur les conditions de la cession de biens ; nous savons seulement que les créanciers ne pouvaient s'y refuser, ou plutôt qu'une option leur était donnée entre accorder au débiteur un délai de cinq ans ou accepter la cession des biens. Mais, à ce sujet, il y eut une question longtemps controversée et que l'empereur Justinien trancha dans le titre LXXI, livre VII, loi 8 de son Code ; il s'agissait de savoir ce qu'il fallait décider quand il n'y avait pas accord entre les créanciers sur l'option à faire ? En cas de partage, quelle opinion devait prévaloir ? L'avis du moindre créancier aurait-il le même poids que celui du plus important, ou serait-ce le chiffre des créances qu'il faudrait prendre en considération ? C'est à cette dernière idée que s'arrête Justinien : un seul créancier, s'il lui est dû plus qu'à tous les autres réunis, décidera du sort du débiteur ; ce n'est qu'au cas où l'importance des créances serait égale de part et d'autre que l'on s'en rapporterait à la majorité numérique ; enfin, à supposer même chiffre de créances et même nombre de créanciers pour chacune des deux opinions, c'est à la plus douce qu'il faudra donner la préférence, c'est-à-dire que le délai de cinq ans sera considéré comme accordé.

— Nous avons fini le rapide aperçu que nous nous étions proposé de donner de la cession de biens. Cette institution, qui ne fut d'abord que le complément de la procédure de la vente des biens en masse, vécut fort longtemps après elle ; car tandis que celle-ci ne durait pas au-delà du troisième siècle après Jésus-Christ et cédait la place à un système plus humain de vente en détail des biens du débiteur obéré, la cession de biens, au contraire, avait de plus longues destinées et se perpétuait dans la législation romaine jusqu'à la fin de l'Empire ; elle passait même dans les législations des autres peuples, si bien qu'on en retrouve la trace dans les recueils de lois barbares des Visigoths et des Burgondes.

Du reste, si l'on néglige la forme pour ne s'attacher qu'au fond des choses, la procédure de la vente des biens non plus ne disparut point en entier ; le caractère d'une adjudication en bloc de la totalité du patrimoine, que présentait la vente à l'origine, fut remplacé par le caractère de particularité qu'elle revêtit à partir de Dioclétien ; mais ce n'est là qu'un caractère purement accessoire qui a changé, ce n'est qu'une variation de modalité ; les règles essentielles, les principes fondamentaux sont restés les mêmes ; ils ont bravé l'atteinte des siècles et traverse tout le moyen âge pour arriver jusqu'aux temps modernes, où nous retrouvons encore, à côté de la cession de biens, qui a conservé même son nom, tous les éléments constitutifs de la vente des biens qui n'a fait, pour ainsi dire, que changer le sien, et qui revit au milieu de nous dans ce que nous appelons la faillite.

TYPOGRAPHIE ALCAN-LÉVY
RUE LAFAYETTE, 61, ET PASSAGE DES DEUX-SŒURS, PARIS.

www.ingramcontent.com/pod-product-compliance
Ingram Content Group UK Ltd.
Pitfield, Milton Keynes, MK11 3LW, UK
UKHW020330220726
13923UKWH00003B/1474